KB023646

귀여운,
서로네
묘묘탕

귀여운, 서코네 목욕탕

목욕탕을 오래오래 좋아하기 위해

쓰고 그리다

• 서코때 에세이 •

서랍의날씨

목욕탕을 오래오래
좋아하기 위해

다섯 살 때 처음으로 엄마 손을 잡고 목욕탕에 갔다. 우리 집 욕실보다 훨씬 큰 목욕탕 풍경이 어찌나 생경했던지, 그때의 목욕탕 풍경이 오래도록 기억에 남아 있다.

한 번도 많은 사람들 앞에서 옷을 벗은 적이 없어서일까. 발가벗은 모습을 보여주는 일이 그때는 왜 그렇게 부끄러웠는지, 마치 무대 위 발레리노처럼 많은 시선을 한몸에 받을 것만 같은 느낌이었다.

  그러나 걱정과는 달리 사람들은 발가벗은 내 몸에 1도 관
심이 없었고, 그냥 저마다의 일을 했다. 들어가기 싫다고 엄
마에게 떼를 쓰는 아이, 삼삼오오 모여 목욕탕을 놀이터처럼
즐기는 아이들, 서로 물건을 빌리고 등을 밀어주면서 이야기
를 나누는 아주머니들, 그들의 입가엔 그들도 모르는 행복한
미소가 배어 있다. 내게 목욕탕은 그런 미소를 머금게 하는
공간이다.

  사람들의 미소에 이끌려 간 목욕탕은 내가 정말 좋아하
는 공간이 되었다. 매일 회사와 일에 치여 퇴근하는 아버지
도, 삼남매를 키우느라 지친 어머니도, 이곳에만 오면 자연
스레 그 미소가 밴다. 그 미소가 좋아서, 그 모습이 좋아서
목욕탕을 찾았다.

아버지와 아들이 서로 등을 미는 풍경, 엄마와 딸이 목욕을 끝내고 손잡고 가는 풍경, 할아버지가 손주에게 바나나 우유를 사주는 풍경 모두 좋다.

그렇게 나는 목욕탕을 좋아하는 어른 서코가 되었다.

이 책은 그때 그 시절의 목욕탕 풍경과 요즘 목욕탕 풍경에 대한 생각을 글로 쓰고 그렸다. 무엇보다 목욕탕의 '좋음'에 대한 이야기들이다.

겉으로만 보이는 '좋음'이 아니라 사람 간의 보이지 않는 온기를 다시 추억하고 싶었다. 사라져가는 목욕탕의 아름다운 풍경이 오랫동안 남았으면 한다. 사람들이 오래오래 목욕탕을 좋아하기를 바라는 마음이다. 또한 나에게 바라는 마음이기도 하다.

지금부터 옷 하나 걸치지 않은 목욕탕 이야기를 하려 한다. 이 이야기가 누군가에게는 추억을, 누군가에게는 웃음을, 누군가에게는 위로가 되길 바란다. 온탕에 들어가 피로를 푸는 것처럼 모든 사람들이 서코네 목욕탕에서 푹 쉬다 가길 바라면서.

-서코때

♨

CHAPTER 02.
훈훈한 목욕탕 피플
: 목욕탕에서 만난 사람들

♨

CHAPTER 04.
아이 라이크 목욕탕
: 목욕탕을 오래오래 좋아하기 위해

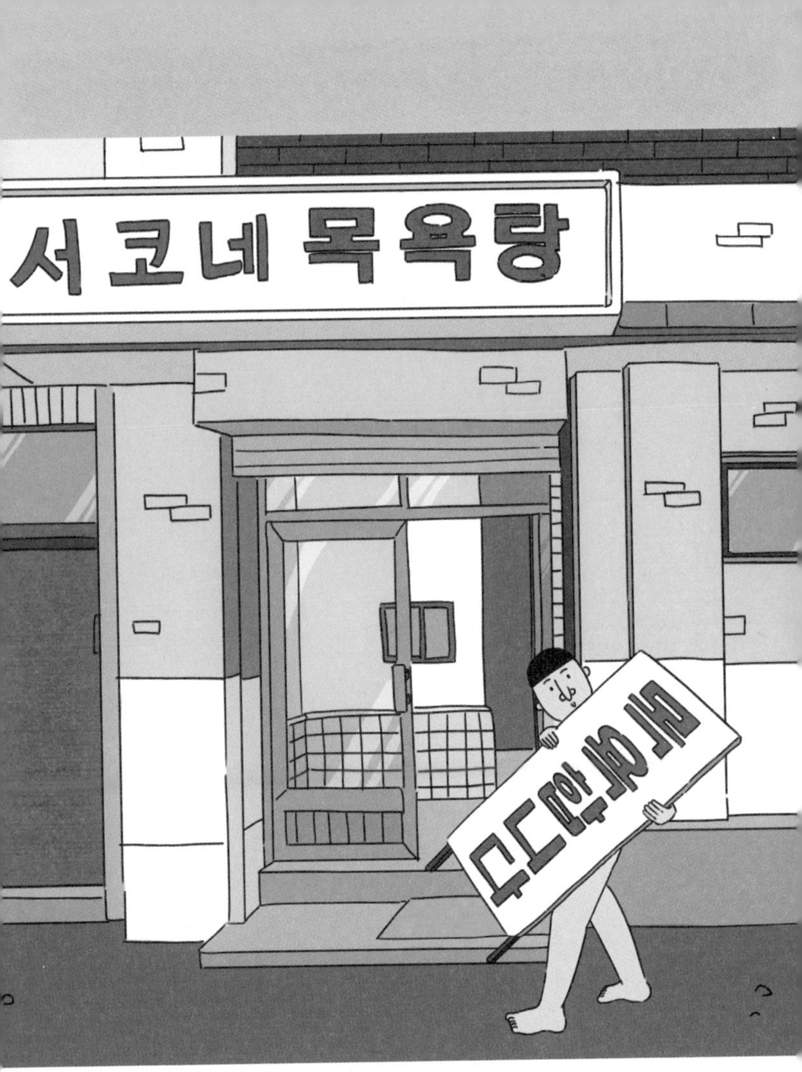
서코네 목욕탕

CHAPTER 01.

귀여운
추억의
목욕템

: 추억의 목욕탕 아이템

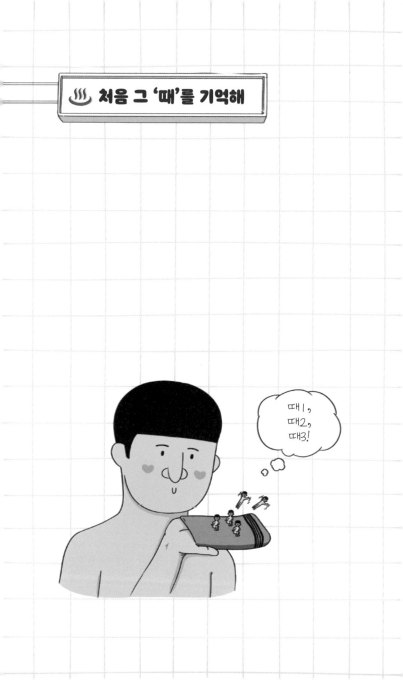

처음 목욕탕을 갔을 때가 다섯 살쯤이었을까?

엄마 손을 잡고 탈의실에 들어선 순간의 냄새가 아직도 기억난다. 실오라기 하나 걸치지 않은 몸으로 목욕탕 문을 연 순간 나를 맞이해준 뿌연 수증기, 처음 느껴보는 온도와 습도. 그리고 수증기가 걷히며 펼쳐진 냉탕과 열탕의 모습은 말 그대로 황홀했다. 바로 탕 안으로 뛰어들고 싶은 마음까지 더해 흥분과 설렘을 감추지 못했다. 목욕탕의 첫 풍경이, 목욕탕의 첫 느낌이 그랬다.

한켠에 가지런히 쌓인 세숫대야와 목욕 의자를 조

심스레 꺼내 깨끗이 헹궈내는 엄마 옆에서, 당장이라도 탕 안으로 뛰어들고 싶은 마음을 누르고 엄마 따라 샤워를 시작했다.

몽글몽글 새하얀 거품이 내 작은 몸 구석구석에 닿을 때마다 느껴지는 부드러움, 그리고 온몸에 진하게 퍼지는 아이보리 비누 냄새가 왜 이렇게 좋은 건지. 마치 다시 아기가 된 것처럼 누구에게나 사랑받을 것 같은 기분이랄까. 목욕탕에서 하는 목욕은 굉장히 달콤하고 기분 좋은 일이었다.

하지만 얼마 지나지 않아 초록색 때타월의 갑작스러운 등장으로 문화 충격을 받을 줄은 예상치 못했다. 바로 처음 '때'라는 것을 마주하게 된 것이다. 때가 무엇인지조차 몰랐던 나는 몸에 지우개 같은 녀석들이 많이 살고 있다는 것만으로도 충격 그 자체였다.

너무 신기한 나머지 내 몸의 때와 때타월 속 때를

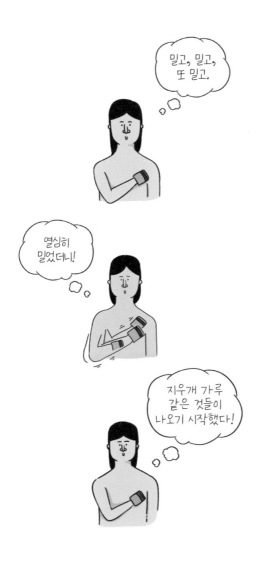

번갈아가며 들여다보고 또 들여다보고, 만져도 보고 뭉쳐도 본다. 계속 들여다보니 처음 만난 사이 치고 꽤 가깝게 느껴지는 기분까지 들었다. 어린 나는 아마도 그날만 '때'를 만날 줄 알았던 것 같다.

그래서 더욱 오래도록 때를 바라보고 만져보았다.

아마도 계속 이렇게 오래도록 '때'를 만날지, 그때의 나는 미처 알지 못했겠지. '때'와 함께 이렇게 목욕탕을 오래오래 좋아하게 될지도.

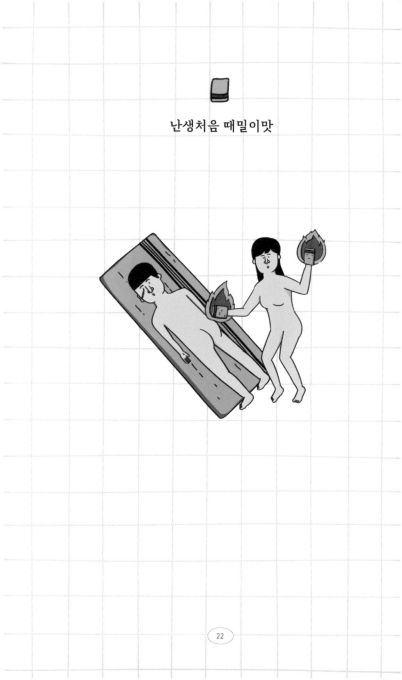

난생처음 때밀이맛

"분명 때린 것도 아니고 맞은 것도 아닌데
따갑고 화끈거렸던 엄마의 때밀이 손맛.
눈물이 찔끔 났지만 그냥 참을 수밖에 없었던 그 손맛.
그것도 처음이었지, 아마."

어릴 적엔 집집마다 목욕 바구니 하나쯤은 가지고 있었다. 샴푸와 린스, 때타월, 바디클렌저 같은 목욕용품을 담은 작은 바구니.

그 작은 바구니에는 목욕용품 말고도, 먹을 것들이 가득 담기는 날이 있다. 목욕하고 출출하면 먹으려고 한가득 음식을 담아가는구나 생각했는데, 웬걸? 내가 먹을 음식이 아니라 엄마 피부가 먹을 음식이었다.

얼핏 보면 목욕 바구니가 아니라 시장 바구니 같아 보일 정도로 입맛을 다시게 하는 음식들이 많이 담겨 있었다. 몰래 먹고 싶었지만 어마마마의 무시무시한 손맛이 두려워 훔쳐 먹는 건 포기.

대신 혼자 먹고 싶은 순서를 마음속으로 나열해보곤 했다.

그중 달달하고 시원함 끝판왕인 요구르트, 한 입 베어 먹고 싶던 아삭아삭한 오이, 포슬포슬 쪄먹고 싶은 감자, 없어서 못 먹을 정도로 좋아하는 음식인 새콤달콤맛 딸기. 그 외에도 꿀, 우유, 녹차 등등 셀 수 없을 정도로 다양한 음식들이 내 입이 아니라 엄마들 피부에 올려졌다. 엄마들은 이 맛있는 것들을 피부에 몽땅 양보하다니.

그렇게나 먹을 걸 피부에 양보해서일까? 유난히 목욕탕 다녀온 엄마 얼굴이 더 예뻐 보이고 더 빛나 보였다. 맛있는 음식으로 팩을 하면 나도 지금보다 더 나아 보이려나? 더 나아 보일 수 있다면 먹을 걸 피부에 양보하는 엄마들 마음이 아주 조금은 이해가 될 것 같다.

그래도 맛있는 음식은 일단 먹고, 피부에 양보는

그다음에 하는 걸로!

목욕 바구니들의 사생활

"따닥따닥 붙어 있는 바구니들을 보면

왠지 사람과 사람이 대화하듯

바구니들끼리 이야기를 나누고

있는 건 아닐까 상상해본다.

사람이 없을 때만 몰래!"

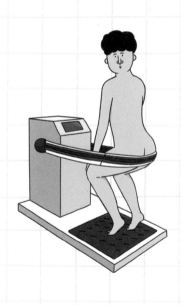

♨ 잘 지내? 덜덜이?

아줌마들의 인기를 한몸에 받은 '벨트 마사지기'를 기억하는 사람이 있을까?

작동할 때마다 온몸이 덜덜덜 거려서 '덜덜이'라고도 불린 녀석. 허릿살, 허벅지살 등등 엄마들의 군살을 가져가준 기특한 녀석이었는데, 요즘은 어디로 갔는지 찾아보기조차 힘들다.

지금은 어느 동네 목욕탕을 지키고 있을까? 잘 지낼까? 그때 그 모습 그대로일까?

한때는 너무 친했지만 오래도록 연락이 끊긴 베스트프렌드처럼 왠지 녀석의 소식이 더 궁금하고 보고 싶다.

올라갈 때마다 긴장되는 체중계

"숨 쉬지 않고 사뿐히 올라가는 긴장되는 순간."

"가뿐하게 올라갔지만 어딘가 힘겨워 보이는 체중계"

"100그램만 빠져도 기분이 좋아지고 자신감도 상승!"

목욕탕에서 목욕을 하고 나면 꼭 시원한 음료가 당긴다. 좋아하는 음료 하나 시원하게 마셔줘야, 그제야 오늘의 목욕이 마무리되는 느낌이랄까. 언젠가부터 목욕 후 마시는 음료를 '욕후땡'이라 부르면서, 나의 욕후땡 사랑은 더 깊어졌다.

목욕탕에서 대표적인 '욕후땡'으로는 삼각커피우유, 흰우유, 바나나우유, 요구르트, 식혜, 탄산음료가 있다. 그날의 기분에 따라 그날의 취향에 따라 그날의 욕후땡을 즐긴다.

내가 가장 사랑하는 욕후땡은, 바로 새하얀 바나나우유! 집에서 마시는 바나나우유 맛과 목욕 후 마시는 바나나우유 맛은 신기하게도 다른 맛이다. 목욕탕에서 먹는 바나나우유가 더 진하고 더 달고 더 깊은 맛이다.

새하얀 바나나우유를 마시는 일은, 단순히 시원한 음료를 먹는 것 이상으로 달콤한 행복이다. 목욕을 더 기분 좋음으로 마무리하는 일이랄까. 작고 사소한 음식이, 별거 아닌 것 같은 말들이 우리를 이렇게 불쑥불쑥 '기분 좋음'으로 이끈다.

거창하고 대단한 행복 말고 이런 사소한 행복이나 기쁨을 쌓아가는 일은, 내게만 찾아오지 않는다고 나만 없다고 투덜거린 행복을 조금씩 느껴보는 기회가 아닐까. 지금 이 순간만큼은 어릴 적 좋아했던 자신만의 욕후땡을 떠올리며, 목욕의 기분 좋음을 느껴보는 건 어떨까?

나는 엄마들에게 가장 인기 있는 커피우유님!

나는 할머니들에게 인기 있는 식혜!

나는 아이들에게 인기 있는 요구르트!

또 다른 욕후땡!

"추억의 음료로 빠질 수 없는
달콤한 약 같은 주황색 음료,
목욕탕에 가면 엄마 아빠들이 마시던 음료,
바로 날씬해지고 예뻐지는(?) 미에로 화이바!
나를 빼면 섭섭하지!"

♨ 머리 말리는 용도 외 사용금지!

목욕탕에 가면 화장대에 놓인 드라이기에 '머리를 말리는 용도 외엔 사용금지'라는 문구가 적혀 있다. 처음에는 무슨 말인지 단번에 이해하지 못했다.

'대체 어디에 사용하지 말라는 거지?'
'대체 어디를 더 말릴 수 있는 거지?'

사춘기가 지나고 어른이 되어서야 드라이기의 다양한 쓰임에 눈을 떴다. 드라이기로 양쪽 겨드랑이를 말리는 사람들부터(겨드랑이 말리는 사람은 양반이었다), 무려 소중한 곳도 말리는 어마무시한 광경을 목격하고 나

니 '금지'의 의미를 단박에 파악할 수 있었다. 아무리 그래도 그렇지 소중한 곳까지 드라이기를 사용해 말린다니 그 기발한 발상이 놀라울 뿐이다.

목욕하고 머리 말리기도 시간이 부족할 것 같은데, 다른 곳까지 말리는 사람들을 보면 마음이 참 여유로운 걸까, 잠깐 '좋게' 이해도 해본다.

하지만 가끔 머리 외에 다른 곳을 말려보고 싶은 충동이 일더라도, 서로의 깨끗함을 위해 드라이기는 머리에만 사용하면 좋겠다. 목욕탕에서도 지켜야 할 기본 예절이 절실하다.

남탕은 드라이기 무료?

예의 없는 분(?)들의 목욕 스타일

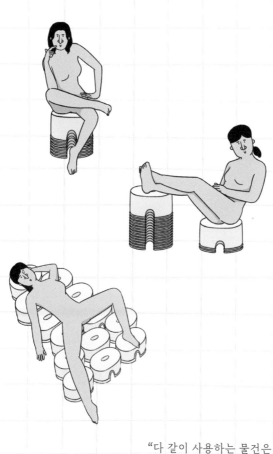

"다 같이 사용하는 물건은
서로를 위해 한 개씩만 사용해주세요!"

경상도에는 때를 밀어주는 '때밀이 기계'가 있었다.

긴 직사각형 모양에 동그란 판이 달려 있고, 그 옆에 있는 버튼을 누르면 가운데 때타월이 끼워져 있는 동그란 판이 돌아가면서 때를 밀어준다. 몸만 대면 신기하게도 때가 빡빡 밀린다. 그 누가 밀어주는 것보다 시원하다.

때밀이 기계 특성상 사용할 때 민망한 자세가 많아 멈칫할 때도 있지만, 밀어줄 때 느낌 하나는 끝내준다. 단 가끔 앞사람의 흔적이 남아 있기도 해서 찝찝할 때도 있다는 것이 흠이라면 흠!

하지만 사람이 밀어주는 것만큼 시원해서 맛있는 음식이 당기듯 그 손맛이 당긴다. 하지만 이 녀석도 '덜덜이'처럼 거의 찾아볼 수 없는 ˚희귀템이 되어버려 누가 다시 소환해주면 좋겠다.

　이 희귀템은 혼자 해결해야 하는 일들이 많고, 또 혼자가 편한 요즘 사람들에게 더 필요한 녀석일 것 같은데 찾아볼 수 없으니 아쉽다.

　누군가와 함께 목욕탕을 가는 시간보다 혼자 목욕탕을 가는 시간이 늘어난 어른이 되어 보니, 때밀이 기계 녀석이 유독 자주 생각난다.

　누군가가 다시 때밀이 기계를 소환해준다면, 혼자가 편한 사람들이 전보다 목욕탕을 더 좋아하지 않을까.

˚ 거의 볼 수 없는 아이템. 희귀한 아이템의 준말.

때밀이 기계의 속마음

"사실 그때 나 너무 힘들어서 도망친 거야!

더 이상 찾지 말아줘!!!"

냉탕 천장에는 어마무시한 물대포가 있다. 아저씨들은 자주 이 물대포를 애용하는데 내겐 늘 도전의 대상이다. 물대포 물줄기가 레이저 빔처럼 엄청난 위력으로 몸을 강타하면 어쩌지? 엄청난 물줄기 때문에 주위에 피해를 주면 어쩌지? 남들은 아무렇지 않게 맞는 물대포 하나에 나는 온갖 걱정을 사서 한다.

그래서 때론 엄청난 위력의 물줄기를 아무렇지 않게 맞는 목욕탕러들을 볼 때면 마치 드라마에 나오는 무사들 같다. 폭포수 아래에서 수련하는 무사들처럼 물대포 맞는 이들의 모습 또한 있어 보인다.

나도 무사 아저씨들처럼 물대포를 맞을 수 있을까? 혹시 바로 땅에 박히는 거 아니야? 괜찮을까? 아니야 할 수 있어! 도전하자! 하고 생각만 하다 그대로 집으로 직진.

어른이 된 지금도 물대포는 내게 도전의 대상이다. 생각한 것보다 별거 아닐 텐데 이상하게 쉽지 않다.

사소해 보이지만 당사자에겐 어마무시한 공포, 아마 누구나 하나쯤 갖고 살지 않을까. 내겐 별거 아닌 일들이 누군가에겐 다른 무게로 다가갈 수 있다. 내겐 너무 버거운 일들, 극복하기보다 그냥 있는 그대로 받아들이는 마음도 괜찮지 않을까 생각해본다.

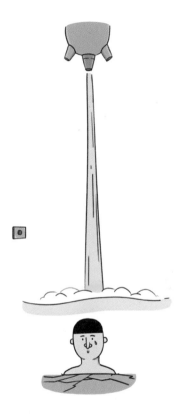

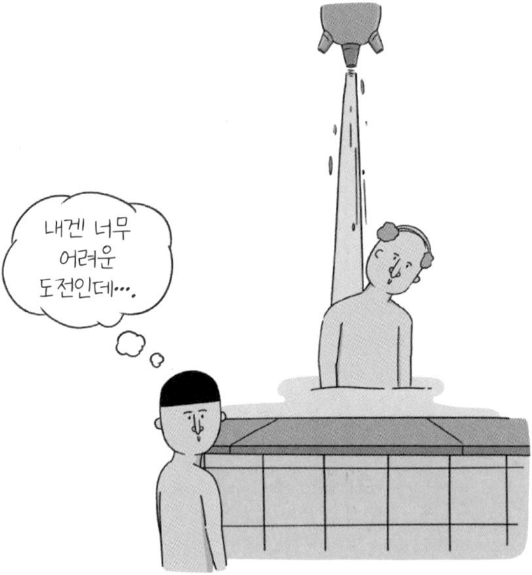
내겐 너무
어려운
도전인데….

어서 와, 워터파크 물대포는 처음이지?

"세상의 물대포란 물대포는 싹 다 두렵다!"

CHAPTER 02.

훈훈한
목욕탕
피플

: 목욕탕에서 만난 사람들

♨ 카운터 아주머니

요금표
대인 4000
소인 2000

어서오십시오

내성적이고 상상력이 많은 나라서 그럴까. 어릴 때부터 목욕탕 카운터에 앉아 계시는 아주머니가 유독 무서웠다. 작고 좁아 보이는 카운터가 왠지 비밀스럽고 무서운 곳 같아 보인 것도 한몫했다.

'저 조그마한 곳에 어떻게 사람이 들어갔다 나오는 거지? 분명 뭔가가 있을 거야'라는 엉뚱한 생각 때문에 요금을 계산할 때면 빨리 계산하고 도망칠 생각만 했다.

그런데 어느 날 무뚝뚝하고 차가워 보이는 아주머니가 나를 부르셨다. 나에게 무언가를 건네주시는

데, 그건 바로 샘플로 된 샴푸와 린스.

매번 혼자 때타월과 칫솔만 들고 오는 내가 마음이 쓰이셨다고 한다. 그날의 찐배려에 '무한감동', '폭풍감동'을 받고 카운터 아주머니에 대한 엉뚱한 선입견을 버릴 수 있었다.

그날의 목욕은 유독 더 따뜻했다. 그날 이후로 카운터와 카운터 아주머니는 더 이상 무섭지 않게 되었고!

무뚝뚝하다고, 말이 없다고 마음마저 차가운 것은 아닌데, 자꾸 색안경을 끼고 사람과 세상을 바라보게 된다. 겉모습과 성격으로 상대를 평가하고 단정 짓는 색안경을 나도 모르게 쓴다.

그때마다 카운터 아주머니의 배려를 떠올린다. 살아가다가 나도 모르게 마음의 색안경을 쓰고 싶을 때 아주머니의 샴푸와 린스를 생각한다.

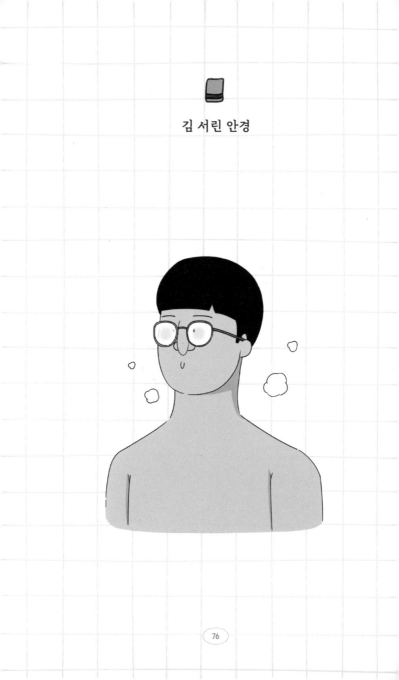

김 서린 안경

"안경에 김이 서리면 앞이 잘 보이지 않는 것처럼,

마음에도 김이 서리면

상대를 제대로 바라보지 못할 때가 많다.

하나씩 그 마음들을 지우고 지워본다.

그렇게 조금씩 지워나가다 보면

상대의 모습이 이제야 제대로 보인다.

당신 마음에도 불편한 것들이 있다면,

그 마음을 조금씩 지워나가보면 어떨까?"

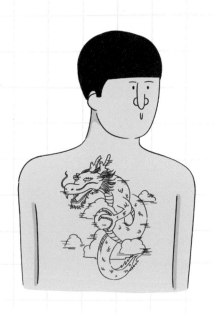

문신한 형님들을 보면 김래원 배우 주연의 영화 〈해바라기〉가 생각난다.

목욕탕 신에서 주인공 오태식(배우 김래원)의 문신은 화려하다못해 대단한 작품으로 보인다. 그래서 우연히 문신한 형님들을 마주칠 때마다 우리 오태식 형님이 단번에 떠오르는 게 아닐까? 태식이 형님 같은 분만 옆에 계시면 세상 부러울 것도, 세상 무서울 것도 없을 것 같다.

하지만 현실의 나는 문신한 형님들 앞에만 서면 왜인지 몸부터 공손해지고, 예의 바른 자세로 다소곳이

목욕을 한다. 왜 몸도 마음도 나도 모르는 사이에 다소곳해지고 움츠러드는 것인가.

그럼에도 불구하고 세상의 오태식 형님들에게 공손하게 물어보고 싶은 것이 있다.

"혹시 용이나 뱀 문신이 아니라 귀여운 곰이나 토끼 문신은 어떨까요?"

나 한 대 맞게 될까?

문신한 형님들이 보이면 상상으로나마 형님들 몸에 곰이나 토끼를 그려본다. 귀여운 문신을 한 형님들을 상상하면 목욕탕 분위기도 귀여워지고, 기분도 좋아지고!

가능하다면 제일 먼저 우리 오태식 형님에게 귀여운 문신을 그려드리고 싶다. 아마도 문신빨(?)은 오태식 형님이 탑일 것이다.

목욕탕 부항 패피

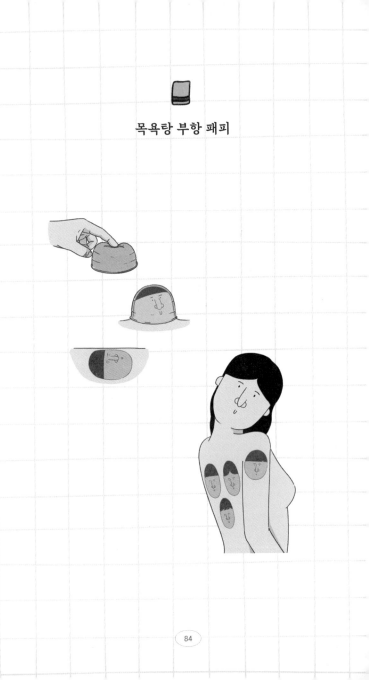

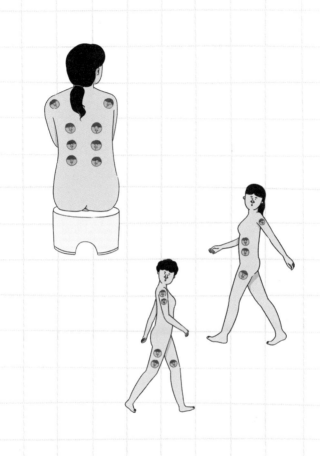

"누가 뭐래도 목욕탕 패션 피플은 나야 나!

나는 바로 부항 피플!"

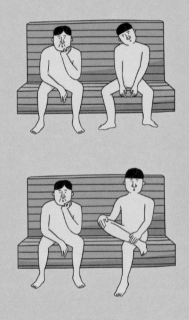

남자들은 목욕탕에서 희한한 자존심 대결을 자주 한다. 그중 하나는 바로, '사우나에서 오래 버티기'! 남자인 내가 생각해도 너무 무모한데 그 무모한 짓을 나도 한다.

　대결의 과정은 대략 이렇다. 사우나에 들어서자마 자 상대를 발견한 순간, 미동조차 없는 상대와 어느새 무언의 대결을 시작한다. 대결을 시작함과 동시에 몸 이 수줍어지고 문신 형님 앞에서마냥 몸이 공손해지 는데도 이상한 자존심이 솟아올라 버티고 버틴다.

덥고, 숨막히고, 그냥 뛰쳐나가버릴까 생각하다 참고 또 버티는 무모함은 대체 어디에서 나오는 걸까?

승부는? 역시나 무모하다고 생각하면서도 무모한 짓을 하는 내가 먼저 밖으로 튕겨 나가버린다. 쓸데없고 무모해 보여도, 또 튕겨 나갈지라도 계속할 수밖에 없는 이유는 그놈의 자존심!

계속 튕겨 나가버릴지 몰라도 이 자존심 대결을 포기할 수 없는 이유를 나도 모르겠다. 의미 없지만 또 도전하게 될 것 같다.

전지적 '때' 시점!

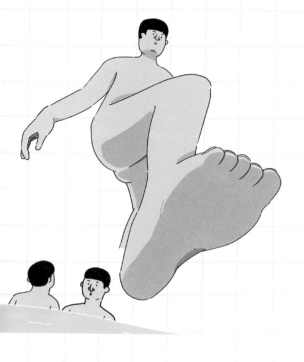

"너는 내게 목욕탕에서 크고 빛나는 사람!"

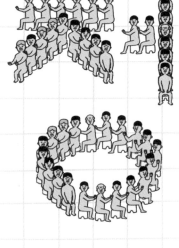

전엔 모르는 사람들끼리 서로 등을 밀어줘도 이상하지 않았던 시절이 있었다. 혼자 목욕탕에 가면 서로의 손 없이는 제대로 목욕을 할 수 없었던 시절, 혼자 온 사람들끼리는 서로 등을 밀어주는 것이 익숙했던 시절, 이것이 바로 목욕탕 협동 노동인 '때밀이 품앗이'.

요즘은 서로 등을 밀어주기보다 오히려 서로에게 등을 돌리거나, 가능한 멀리 떨어져서 목욕을 하는 경우가 많다. 아니면 세신사 아저씨에게 비용을 지불하고 부탁하거나, 혼자서 가능한 모든 걸 해결하는 시스템이다.

서로 오고가는 미덕의 온기가 많이 부족한 날들이
다. 침묵과 적막한 온기만이 가득한 날들.

목욕탕에서 낯선 이와 나누는 대화가 얼마나 재미
있는데, 요즘 친구들도 그 재미를 조금이라도 맛볼
수 있다면 좋을 텐데.

그런데 만약 요즘 같은 시기에 누군가가 내게 등을
밀어달라고 한다면? 나는 과연 단번에 흔쾌히 수락
할 수 있을까? 아마도 낯설고 어색한 마음이 크겠지
만, 누군가의 등을 밀어주고 내 등을 내어주는 일과
또 누군가와 나눌 상상 불가능한 대화들이 너무 오랜
만이어서 설렐 것 같기는 하다.

때론 우리, 서로 등 돌리며 사는 것보다 때밀이 품
앗이처럼 서로의 등을 밀어주는 사이가 되어보는 건
어떨까?

거울 속 나에게

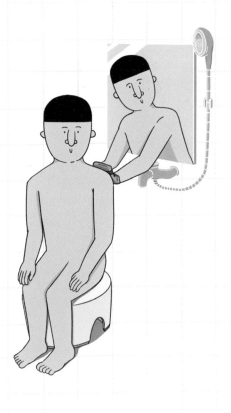

"혼자 목욕탕에 갈 때면
누군가가 등을 밀어주는 게 그리워
거울 속 또 다른 나에게
등을 밀어달라 말을 건네본다."

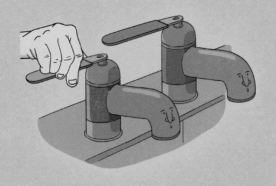

예전엔 직접 목욕탕 손님들이 수도꼭지를 틀어 온탕
온도를 맞추기도 했다. 뜨거운 물과 차가운 물을 동
시에 틀고 탕 속 물을 손으로 휘휘 저어 나에게 맞는
온도의 물을 맞추기도 하고, 나 아닌 타인이 온도를
맞추는 날이면 너무 뜨거워서 헐레벌떡 외각으로 도
망갔다가, 어떤 날은 너무 차가워서 냉큼 중앙으로
들어오기를 반복하면서 타인이 맞춰놓은 온도에 나
를 맞추기도 했다.

　그런데 어른 서코가 되어보니 가장 어려운 일이 사
람 사이 온도를 맞추는 일이었다. 너무 뜨거워도, 너

무 차가워도 갈등이 생기고 불편한 일들이 생긴다.

　너무 뜨겁다 싶으면 찬물을 틀고, 너무 차갑다 싶으면 뜨거운 물을 틀어 적당한 온도를 맞추는 것처럼 관계에서도 적당한 온도 맞추기가 가능하면 얼마나 좋을까? 너무 뜨겁지도, 너무 차갑지도 않은 당신과 나의 거리의 온도를.

　지금은 서로의 온도를 맞출 일조차 점점 줄어들고 있지만, 다시 탕 안에서 서로가 서로의 온도를 맞출 날을 상상해본다.

무인도 목욕탕

"관계의 어려움 때문일까?

누군가와 함께 있어도

더 외롭고 더 쓸쓸할 때가 많다.

어른이 되어보니 친구가 많다고 해서

사랑하는 사람이 있다고 해서

외롭지 않은 건 아니었다."

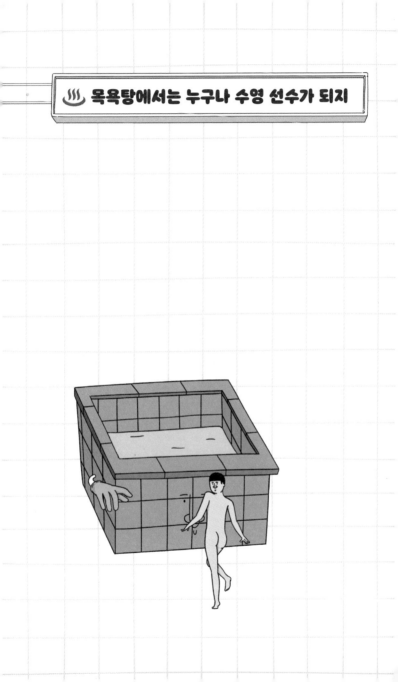

목욕탕에 들어서자마자 널찍한 냉탕을 가만히 바라
보고 있으면, 마치 냉탕이 "어서 와서 수영해~"라고
말을 건네는 것 같아 나도 모르게 냉탕으로 이끌려
간다. 생각만 했을 뿐인데 몸이 자동으로 냉탕으로
공간 이동.

　탕에 들어가자마자 먼저 몸을 담그고 냉탕 끝에 서
서 머리를 물속에 넣어본다. 그리고 냉탕 속 벽을 차
며 앞으로 쭈욱 나아간다.
　뭐지? 텔레비전에서 본 자유형 선수가 된 이 기분?

앞으로 나아가다 냉탕 끝에 다다르면 다시 반대편 끝으로 가기를 반복하는 공간. 수영 선수 코스프레하기 좋은 곳은 목욕탕 냉탕만 한 곳이 없다.

때론 친구들과 함께 누가 먼저 끝까지 가나 시합도 해보기도 하고, 어이없는 잠수 시합도 도전해본다.

목욕탕은 내게 그렇게 나만의 운동장이면서 놀이터이고, 또 수영장이다. 그리고 새로운 것을 상상하게 하고, 그 상상력으로 밋밋한 일상을 신선한 재미로 빼곡하게 채워준다.

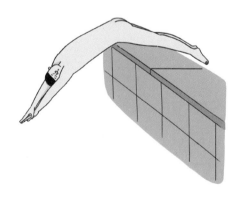

가끔은 배영

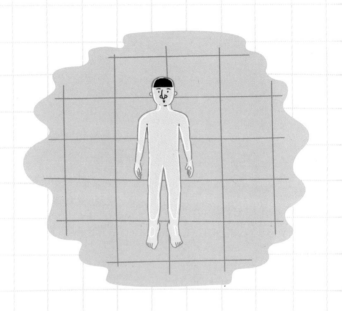

"가끔은 가만히 누워 생각도 하고"

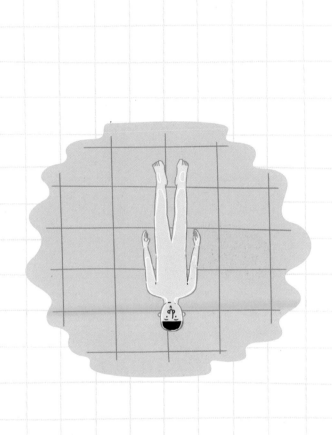

"가끔은 가만히 누워 낮잠도 잔다."

보통 세신사 아저씨에게 받는 때밀이 비용은 목욕탕 입장료보다 비싸다. 한 번은 세신사 아저씨에게 때밀기 좋아하는 친구와 목욕탕에 간 적이 있다.

친구는 안 받아본 사람은 있지만, 한 번만 받은 사람은 없다며 나를 세신사 아저씨에게로 안내했다. 일단 자기 믿고 한번 받아보고 이야기하라나? 나는 그렇게 등 떠밀리듯 세신사 아저씨에게 내 몸을 맡겼다.

받기 전엔 엄마가 밀던 때밀이 손맛이겠지 했는데 웬걸? 정말 신세계였다. 혼자 그렇게 밀어도 나오지 않던 때들이 신기하게도 국수 가락을 뽑듯 우수수,

많은 비둘기가 날아오르듯 후두두 하고 목욕탕 바닥과 내 몸을 감쌌다.

세신사 아저씨는 '촵촵' 내 몸을 여기저기 때리면서 '뒤로 도세요. 옆으로 도세요. 앞으로 도세요' 하며 능수능란하게 때를 미셨다. 나는 그렇게 회전문처럼 빙글빙글 돌며 30분 동안 마약 같은 때밀이의 신세계를 경험하고, 친구말대로 지금은 끊을 수가 없다. 지금까지 이런 개운한 때밀이는 없었으니까!

아저씨의 손은 세신사의 손인가 신의 손인가?
아직 한 번도 세신사 아저씨 아주머니의 손맛을 보지 못했다면 꼭 한 번 경험해보길!

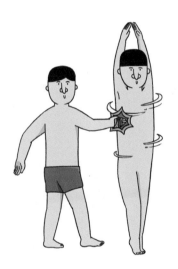

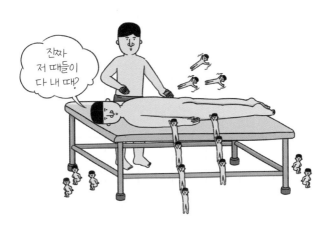

때 '클레이'

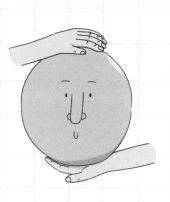

"내 몸에서 탈출한 때를
뭉치고 뭉치다 보면"

"어느새 토끼도 태어나고, 공룡도 태어난다."

"때를 뭉치고 뭉치다 보면
상상하지 못한 일들이 벌어지기도 한다."

CHAPTER 03.

따뜻한
목욕탕
감성

: 목욕탕에서만 느낄 수 있는 것들

일상에서 의식하든, 의식하지 않든 우리는 각자 자신
만의 순서를 가지고 산다. 일어나서 출근 준비를 하
는 순서부터, 양치하는 소소한 순서까지 나만의 순서
나 의식이 있다.

목욕할 때도 마찬가지로 누가 따로 알려준 것도 아
닌데, 각자 자신만의 순서대로 목욕을 한다. 누구는
양치부터, 누구는 샤워부터, 누구는 머리부터, 누구
는 온탕부터, 누구는 냉탕부터 가지각색.

살아가는 방식도, 살아온 방식도 서로 다른 우리는

서로 다른 순서에 서로 다른 시선을 보내기도 하고, 서로 다른 순서에 서로가 서로를 보며 의아해 하기도 한다.

예를 들면, 목욕탕에 들어오자마자 씻지도 않고 바로 탕 안으로 들어가는 사람들을 가끔 목격하는데, 그 사람만의 스타일이라지만 난감하다. 그래도 기본 목욕 예절이 있는 건데.

내 목욕 순서는 '샤워-> 온탕-> 때 밀기-> 냉탕-> 사우나-> 열탕-> 마무리'인데 누군가가 보기에는 이 목욕 순서도 이상해 보일 수도 있겠다. 사실 각자 기본 예절만 지켜준다면 순서의 다름은 크게 중요하지 않을 텐데.

서로가 다르고, 생각도 천차만별이지만 함께 사용하는 목욕탕에서만큼은 기본 예절은 지켜가며 나만의 순서를 만들어가는 건 어떨까?

온탕 감성

"오래도록 머물고 싶은 따뜻한 공간,

세상에서 받은 모난 말들도, 상처도

단숨에 녹여주는 힐링 온탕."

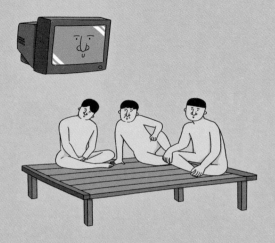

친한 친구도 발가벗고 만나기가 쉽지 않은데, 목욕탕
은 모르는 사람과도 발가벗고 친구가 되는 특별한 공
간이다(아마도 모르는 사이라 더 가능한 일일까?).

그 공간에서는 실오라기 하나 걸치지 않고도, 혹은
수건 하나만 가리고도 거리낌 없이 대화를 나누는 사
이가 된다.

특히 목욕탕 텔레비전 앞에만 앉으면 모르는 사람
들끼리도 지금껏 알고 지낸 사람들처럼 수다가 가능
하다. 목욕이 끝나도, 시간이 늦어도, 집에 갈 생각은
하지 않고 수다 삼매경.

드라마 주인공 이야기부터 연예인 소식, 세상 돌아가는 이야기, 아는 사람 뒷담화까지 주제도 다양한 것은 말할 것도 없고, 끌어올 수 있는 수다란 수다는 다 하게 되는 매직 공간이다.

요샌?

전엔 엉덩이 붙일 곳 없던, 사람들과 대화 나누려고 찾았던 평상이 유독 외로워 보인다. 우리는 빨리빨리 몸을 말리기 바쁘고, 빨리빨리 어디론가 가야 하니까.

모두가 하나가 되고, 모두가 '친친(친한 친구)'이 되고, 모두가 다 같이 뒷담화하는 텔레비전 평상 타임을 다시 소환할 수 있을까. 다시 텔레비전 매직이 통하는 그날이 오기를 기다린다.

도란도란 평상 수다

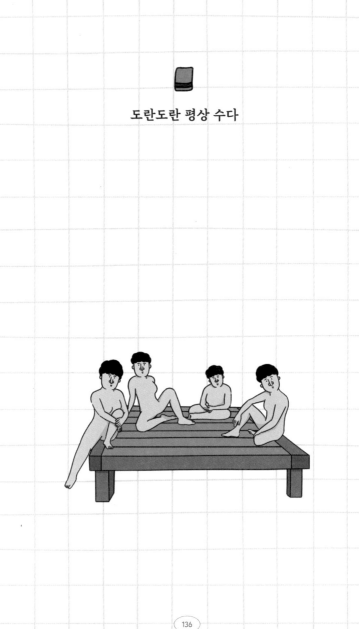

"사람들 사이가 서먹해진 것인지,
이웃이란 개념이 없어진 것인지
도란도란 모여서 이야기하는 사람들의 모습을
좀처럼 찾아볼 수가 없다.
어쩌다 도란도란 이야기를 나누는
사람들을 보면 반갑고 괜히 뭉클해진다.
도란도란, 우리 다시 함께 모여 이야기를 나눌 날이 오겠지?"

신기하게도 목욕탕 들어가기 전엔 괜찮다가 한창 목
욕할 때 화장실 신호가 온다. 알몸으로 탈의실까지
나가기엔 귀찮고, 문 열자마자 들이닥치는 차가운 바
람을 맨몸으로 맞아야 하는 상황은 더더욱 싫다.

　그래서 짧고 굵은 고민 끝에 누구나(?) 한 번쯤 머
릿속에 떠올렸을, 혹은 누구나(?) 한 번쯤 시도해봤을
방법을 시도해본다. 그 방법은 다음과 같다.

　첫 번째, 샤워하는 척 조금씩 흘려보낸다.

(진짜 아무도 모른다. 감쪽같다.)

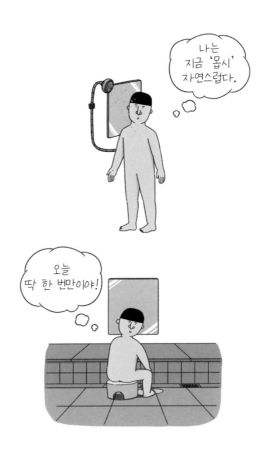

두 번째, 목욕하는 자리에서 물을 뿌려가며 서서히 흘려보낸다.

(자연스럽지 않다면 누군가가 눈치챌 수 있다. 최대한 몸으로 가린다.)

분명 이 글을 읽는 당신도 당신만의 노하우가 있을 거라고 생각한다. 이것도 저것도 다 싫고, 또 더럽고 귀찮다면 목욕탕 들어가기 전에 꼭 화장실에 들리는 걸로!

방귀 피플, 파티 피플

"부부끼리도 방귀를 잘 트지 않는 사람들이 많은데,

목욕탕에서 몰래몰래 방귀를 트는 사람들이 있다.

기포가 보글보글 올라오면,

서로 뭔가 안다는 뉘앙스로 서로 보글보글로 튼다.

할아버지도 보글보글, 아저씨도 보글보글.

나도 참았던 방귀를 보글보글!

우리 모두 다 보글보글로 하나가 되고,

방귀도 트고, 어느새 웃음도 튼다."

살아가면서 애정하는 숫자 하나가 왠지 모를 힘이 될
때가 있다. 그 숫자 때문에 왠지 행운이 있을 것 같고,
왠지 마음이 편안해지고, 왠지 기분이 좋아지는 느낌
이랄까.

　나에겐 그런 숫자가 하나 있다.
　너무 애정한 나머지 아직까지 좋아하는 마음을 간
직하고 산다. 그 숫자는 바로 '10!'

　2002년 월드컵 당시, 이름도 몰랐던 대한민국 10번
선수가 올린 크로스로 이탈리아를 이겼을 때, 그때부

러 숫자 '10'을 좋아하게 되었다. 그 이후 '10'이라는 숫자에 이상하게 마음이 간다.

그 이후부터 목욕탕에 가면 늘 10번 사물함을 골랐다. 어린 서코에게도, 어른 서코에게도 10이란 숫자는 숫자 이상의 의미가 있다. 늘 편안하고 기분 좋게 해주는 어떤 매직같은 숫자다.

행운도 좋고 편안한 기분도 물론 좋지만, 꾸준히 애정하는 무언가, 나만의 좋음이 있다는 건 행복하고 감사한 일이다. 모두가 그런 숫자를 갖고 사는 건 아니니까, 뭔가 하나 더 얻고 사는 기분이랄까.

숫자든, 그게 무엇이든 '서로의 좋음'에 대해 이야기하다보면 소소한 행복이 사실 별거 아니란 걸 의도치 않은 곳에서 깨닫게 되는 것 같다.

그런 점에서 나의 럭키 넘버 '10'이 참 좋다.

기분이 좋아지는 버블버블 타임

"목욕할 때 기분을 좋게 하는 또 하나, 바로 하얀 거품.
하얀 거품 안에서 귀여움을 뽐내는 나를 상상해보고
거품으로 만든 날개 달린 천사가 된 나도 상상해본다.
하얗고 뽀송뽀송한 거품을 볼 때마다
마음이 몽글몽글해지고 포근해진다."

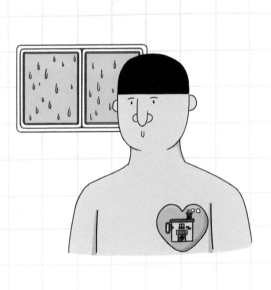

♨️ 비 오는 날엔 파전? 아니 목욕탕이지!

비가 내리는 날 이상하게 목욕탕에 가고 싶을 때가 있다. 비 오는 날? 굳이? 왜? 목욕탕을?

비 오는 날은 습기 때문에 꿉꿉한 나머지 마음까지 꿉꿉해지는 경우가 많아서일까? 온탕에 들어가 몸을 녹이면 모든 꿉꿉함이 사라지는 느낌이 든다. 기분만큼은 막 건조기에서 꺼낸 수건처럼 뽀송뽀송해진다.

밖에서 흘러들어온 비 향기로 가득한 탈의실과 무엇보다 한적한 목욕탕의 분위기도 좋고.

비 오는 날 파전과 막걸리로 마음을 녹이고 기분을 내기도 하지만, 비 오는 날 목욕탕에서 마음을 녹이고 기분을 내보는 것도 꽤 괜찮다.

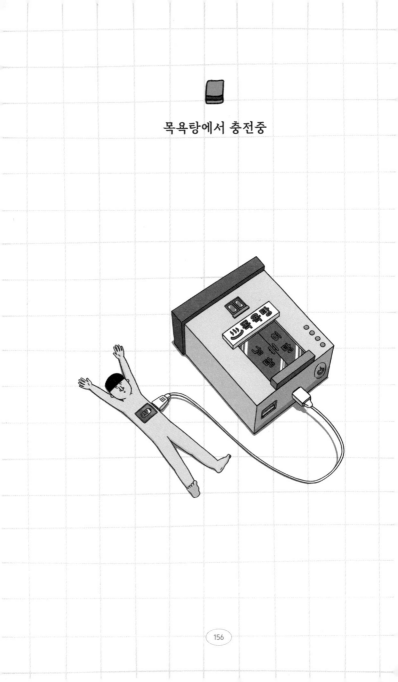

목욕탕에서 충전중

"힘들고, 지칠 때 아무 생각 없이
애정하는 목욕탕에서
방전된 몸과 마음을 충전합니다.
피곤한 날엔 목욕탕에서 충전해보세요."

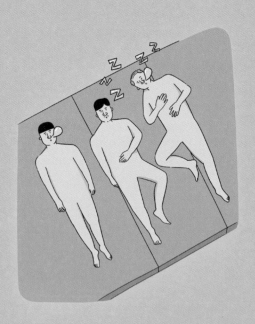

목욕탕에 가면 한쪽 구석에 잠을 잘 수 있는 공간이 마련되어 있다. 저 딱딱한 바닥이 뭐가 좋다고 저기서 잘까? 심지어 잘 잔다. 뒤척임 하나 없이, 깨는 일 없이, 코까지 골면서 자는 사람도 있다. 집에 가면 푹신한 침대, 따뜻한 장판, 포근한 이불이 있는데 대체 왜 여기서?

너무 궁금해서 나도 그들 따라 목욕탕 바닥에 누웠다. 한참을 바닥에 귀를 대고 누워 있어보니 그 마음을 알 것도 같다. 시끄러웠던 목욕탕 안의 소리가 공허함으로 바뀌어 오롯이 내 귀 안에서 울려 퍼지는 것이 아

닌가. 조용히 들려오는 목욕탕의 물 소리가 싫지가 않다. 아니 오히려 좋다. 그래서 그렇게 다들 편하게 잠을 잘 수 있었구나.

목욕탕 바닥에서 잠을 자는 사람들의 마음이 이제야 조금은 이해가 된다. 가끔은 진짜 침대보다 편안할 때도 있다. 평평하고 차갑고 딱딱한 바닥이 이상하게도 푹신하고 포근하다. 매트리스도 아니고 솜이 들어가 있지도 않은데도 말이다.

목욕탕은 내게 안식의 장소이자, 안락한 침대 같은 곳이다. 이상하게 따뜻하고, 이상하게 포근하고, 이상하게 편안하다.

멍탕: 멍 때리기 좋은 목욕탕

"고민이 많은 날엔
탕에 들어가 탕 모서리에 귀를 대고
가만히 있는다.
물 소리, 대화 소리, 걷는 소리.
귓속으로 마음이 편안해지는 소리가 들린다.
오늘도 목욕탕에서 아무 생각 없이 멍을 때린다."

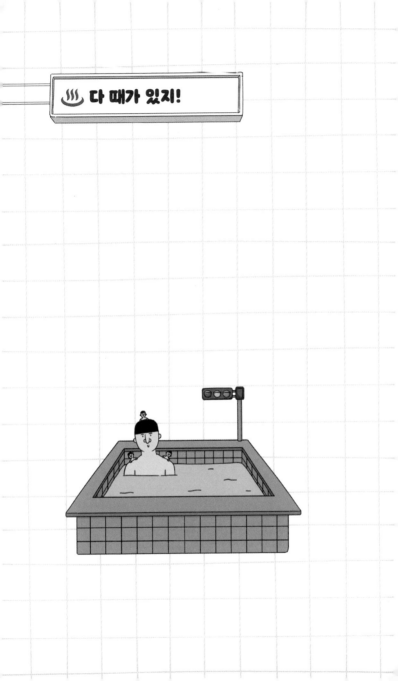

누구나 온몸 구석구석에 보이지 않는 때를 지니고 산다. 그 '때'들은 일정 시간 동안 온탕에서 몸을 불린 후에, 때타월로 몸을 밀면 비로소 보이기 시작한다. 다 어디에서 나온 건지, 어디에 꼭꼭 숨어 있었던 건지 매번 나오는 때들이 참 신기하다.

'때'는 적당한 온도의 물과 만나 우리가 아는 그 '때'가 된다. 우리 일상도, 삶도 비슷한 것 같다. 빨간불, 노란불, 초록불이 있는 신호등처럼 기다려야 하는 빨간불 시기가 있고, 잠시 기다려야 하는 노란불 시기도 있다. 그리고 드디어 건너야 하는 초록불의 시기

도 있다.

우리는 자주 초록불이 빨리 켜지기를 바란 나머지 마음을 다치곤 한다. 나만 느린 것 같고, 나만 아무것도 이룬 게 없는 것 같아서 기다리지 못하고 먼저 달려나갈 때도 있다.

각자의 삶에 나름의 속도와 '때'가 있지 않을까. 내가 원하든 원하지 않든 어떤 적당한 때에 우리가 바라고 바라던 일들이 자연스레 나타날지 모른다. 가끔씩 조급함이 마음을 어렵게 할 때마다, 그 '때'를 기다려보는 건 어떨까? 나의 그'때'는 분명 올 테니까. 그 믿음을 잃지 않는다면!

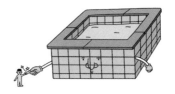

때밀이 신호등

"모든 것엔 다 때가 있다.

그래서 때라월도 빨강 노랑 초록색일지도?

좋아하는 일을 하며 기다리다보면,

비록 마냥 기다리는 일은 힘들지만,

분명 더 좋은 날이 올 거라 믿는다."

CHAPTER 04.

아이
라이크
목욕탕

: 목욕탕을 오래오래 좋아하기 위해

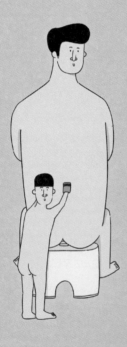

어릴 적엔 아버지와 자주 목욕탕에 갔다. 우리가 가는 목욕탕엔 때밀이 기계가 있었지만, 아버지는 항상 내게 등을 밀어달라고 하셨다. 그럴 때면 나는 쭈뼛쭈뼛 다가가 아버지의 등을 밀곤 했다.

처음엔 재미있다가 중간엔 힘들어지기도 하고, 혹시나 아프실까 봐 내심 걱정하면서도 열심히 등을 밀었다. 아버지는 그때마다 더 세게 밀어보라며 웃으셨고, 지금 생각해보면 조그마한 아들의 손이 자신의 등을 밀어주는 그 시간을 참 행복해하셨던 것 같다.

그렇게 나는 넓고 넓은 아버지의 등을 밀며 자랐다. 아버지의 등이 너무 넓어서 정체를 숨긴 영웅이 아닐까 상상하며, 또 아버지가 세상에서 제일 크고 강한 사람이라고 생각하면서.

　하지만 아무리 열심히 밀어도 끝이 없었던 아버지의 등은 이제는 내 손 몇 번이면 끝날 만큼 작아져 있었다.

　그럼에도 여전히 아버지는 내게 크고 넓은 등을 가진 영웅이다. 음료 캔이 따기 힘들 때 내밀면 쉽게 따주던 영웅, 모르는 단어가 있을 때 물어보면 누구보다 빨리 알려주는 영웅, 다리가 아플 때 나를 번쩍 안아주는 영웅, 먹고 싶은 게 있으면 언제든지 사다주는 영웅.

　그래서일까. 목욕탕에 갈 때마다 어린아이가 고사리 같은 손으로 아버지 등을 밀어주는 모습을 보면 마음이 괜히 몽글몽글해진다.

아버지가 유난히 생각나서, 아버지의 넓은 등이 유
난히 그리워서.

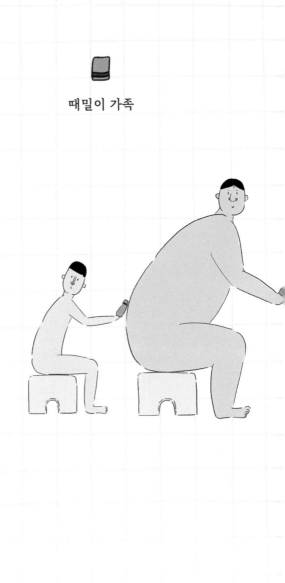

때밀이 가족

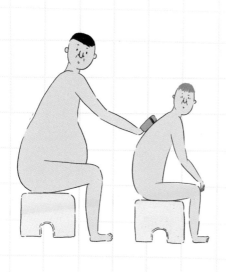

"할아버지, 아버지, 아들, 손자
4대가 함께하는 목욕탕 품앗이."

어릴 적엔 명절 전날 꼭 목욕탕을 가곤 했다.

명절 전날 가던 목욕탕은 항상 사람들로 붐볐는데, 과장 조금 해서 탕 안엔 때 반, 물 반, 사람 반, 그리고 웃음 반 대화 반, 뭐든지 가득가득 풍요로웠다.

한 번도 만나본 적 없는 사람들끼리 서로 반갑게 인사를 나누고 등을 밀어주던, 지금으로써는 참 희한한 풍경이 그땐 참 익숙한 풍경이었고 일상이었다. 아이들조차도 장난을 치며 금세 친해지는 지금의 물놀이터 같은 공간이랄까?

그땐 설날이나 추석 같은 명절 전날은 '목욕재계'

하는 신성한 날이었다! 바로 목욕재계하고 사랑하는
가족이나 친지를 만나는 '세신 명절!'

오래된 습관 탓인지 어른이 되어서도 중요한 행사나
명절 전날 꼭 목욕탕을 가게 된다. 그때와 다른 게 있
다면 요즘 목욕탕은 모르는 사람들끼리 등을 미는 모
습도, 탕 안에 많은 사람들이 앉아 있는 모습도, 아이
들이 장난치는 모습도, 도통 찾아볼 수가 없다는 것.
지금은 서로 말없이 저마다 볼일을 볼 뿐, 서로에게
좋은 관심도 나쁜 관심도 없고, 오로지 따듯한 물 온
도만이 목욕탕 온기를 느낄 수 있을 뿐이지만 말이다.

어른이 되어 명절 전날 목욕탕에 가면 가끔 어릴
적 목욕탕 사람들의 온기가 그리울 때가 있다. 누군
가는 적당한 거리를 두는 지금이 좋다고 하지만 서로
를 자연스레 품던 그 온기만큼은 그립다.

공존

"사람은 혼자 살아갈 수 없다.

시간이 지날수록 서로 붙어버리는 저 비누들처럼

그렇게 서로 함께 부대끼며 살아가야 한다."

친한 친구들을 오랜만에 만나게 되면, 꼭 과거로 순간 이동하게 된다. 전에 했던 똑같은 이야기들을 무한반복하고 웃고 떠들다보면 시간이 어떻게 가는지 모른다. 방금 했던 이야기인지 아닌지조차 구분하지 못할 만큼 그 시간에 빠져든다. 물론 술은 기본이고.

술잔 안에 추억 한 잔 담고, 늘 같은 이야기도 한 잔 담고, 요새 사는 이야기도 담다 보면, 어느새 그때 그 시절 우리가, 그때 그 시절의 나로 돌아가 있다.

한 명 두 명 추억에 취하고 이야기 취해, 간단히 먹고 헤어지려 했던 원래의 계획은 사라지고 어느새 새

벽 다섯 시.

  또 술을 마실 것인가, 그만 헤어질 것인가 고민하다 못내 아쉬운 우리는 목욕탕으로 3차를 간다.

  새벽 목욕탕은 마치 한여름 밤의 꿈 같다. 적당한 취기, 적당한 온도, 적당한 습도는 잠시 우리를 철없는 인간으로 만들기에 충분하니까.

  서로의 엉덩이를 팡팡 때리고, 너의 '소중이' 나의 '소중이' 하며 시끄럽고 요란하게 수다를 떤다. 텅 빈 탕 안에서 소리도 질러보고, 음료수 내기를 하며 유치한 수영 시합도 해본다. 그렇게 아침이 밝아오는 목욕탕에서 '열탕 해장'으로 학창 시절 꿈에서 겨우 깨어난다.

  오늘도 친구들과 새벽에 들른 그날의 목욕탕을 조용히 눈에 담는다. 이 또한 언젠가, 내 나이가 누군가의 나이를 더한 것보다 많을 때쯤, 온탕에 앉아 떠올릴 추억으로 남아 있을 테니까.

목욕탕, 술, 물장구, 수영, 웃음, 추억, 친구 등.

내가 오래오래 좋아하고 싶은 것들이 영원하면 좋
겠다.

BR친구들과 목욕탕

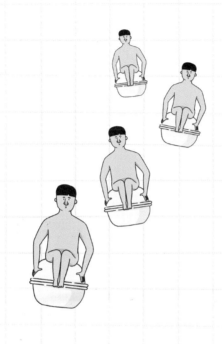

"그때 너희들은 잘 지내고 있을까?
목욕탕을 생각하면 너희들이 가장 먼저 떠오르는데
너희들도 목욕탕을 생각하면 내가 떠오를까.
보고싶다. BR친구들!"

주말 목욕탕은 항상 사람이 많은 만큼 시끌벅적하다.

별것 아닌 걸로도 즐거운 사람들의 웃음 소리, 아버지와 아들이 때를 밀며 나누는 대화 소리, 평상에서 텔레비전을 보며 나누는 수다 소리, 머리 말리는 드라이 소리 등, 이 모든 소리는 진하고 깊은 커피 향기처럼 내내 목욕탕에 풍긴다. 소란스럽지만 살아 있는 소리가 가득한 주말 목욕탕의 풍경이다. 가만히 있어도 행복한 소리가 전해지는 공간.

하지만 개운하게 목욕을 끝내고 나와 펼쳐지는 '어떤' 광경이 좋아서, 개인적으로 오후 4~5시쯤 목욕탕에 가는 걸 좋아한다. 그 광경은 바로 온통 붉은빛으로 물든 하늘! 그 순간의 하늘이 좋아서 해질녘도 좋아지고 덩달아 목욕 시간도 설렌다.

개운함과 동시에 붉게 물든 해질녘 하늘을 선물받을 수 있다는 것, 그 잠깐의 하늘 때문에 해질녘 목욕탕을 즐긴다. 아마 앞으로도 목욕탕을 오래오래 좋아하고, 오래오래 좋아하고 싶은 이유 중 하나일 것이다.

또 다른 나만의 세상

"누구에게나 남들이 생각하지 못하는
내가 좋아하는 나만의 세상이 존재한다.
그 세상이 사소하고 별볼일 없을지라도
그 세상을 가꾸고 지켜나가는 모습은 아릅답다.
당신이 흘러들어간 세상 또한 얼마나 아름다울까?"

겨울, 하면 호호 불어가며 먹었던 붕어빵과 호빵, 그리고 따끈따끈한 어묵 국물이 떠오른다. 추위를 녹여주고 버티게 해주는 묘한 기운이 있는 겨울 음식들.

유난히 추운 계절엔 누군가에게 호빵과 붕어빵이 생각나듯, 나는 목욕탕이 생각난다. 너무 추워 온몸이 오들오들 떨릴 때 목욕탕 생각이 간절한 건 어쩌면 목욕탕덕후로서는 당연한 일인지도 모르겠다.

추위를 안고 들어온 발끝을 온탕에 담그는 순간, 온몸에 돋는 소름과 함께 전해지는 그 적당한 따듯함.

적당하게 따듯한 온도의 물이 발끝에 전해주는 그 찌릿한 느낌이 추위도, 외로움도 단숨에 잊게 만든다.

온탕의 그 찌릿한 온기가 좋아서, 오히려 목욕탕에 갈 때면 덜 껴입고, 겨울 추위를 더 느껴보려 한다. 그렇게 겨울 추위를 뚫고 도착한 목욕탕은 매번 다른 새로운 봄을 만나는 기분이다.

내겐 너무나 따뜻한 놀이터

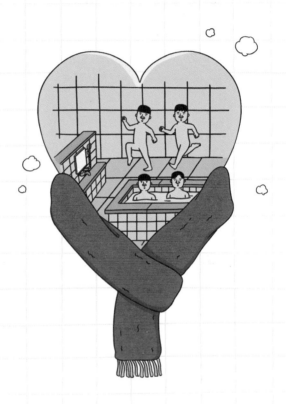

"아무리 겨울이 추워도
따뜻하게 지낼 수 있었던 건
내겐 목욕탕이 있었기 때문이다.
세상에서 가장 따뜻한 나만의 놀이터."

딱히 무언가 숨겨놓을 만큼 좋은 것들이 가득한 것도 아닌데, 즐겁고 기분이 좋은 날에도, 비가 오는 우중충한 날에도, 또 힘들고 지친 날에도 그냥 아무 이유 없이 목욕탕을 찾았다.

알맞은 온기에 많은 사람들을 관찰하고, 때론 대화하며 가만히 내 자신을 돌아보고 생각할 수 있는 곳.

목욕탕은 내게 힘들면 도망칠 수 있는 대피소와 같고, 고민거리를 털어놓을 상담사와 같고, 좋은 일을 공유하는 오랜 친구와 같다.

목욕탕에서 위로 받고, 목욕탕에서 관계를 배우고 목욕탕에서 세상을 배웠다. 그렇게 목욕탕의 모든 순간들이 어른으로 가는 길이 되었다.

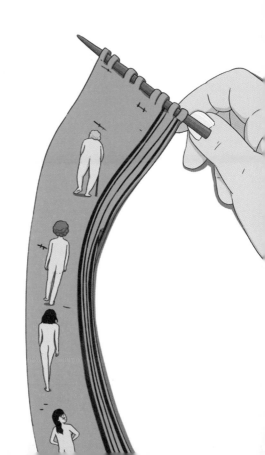

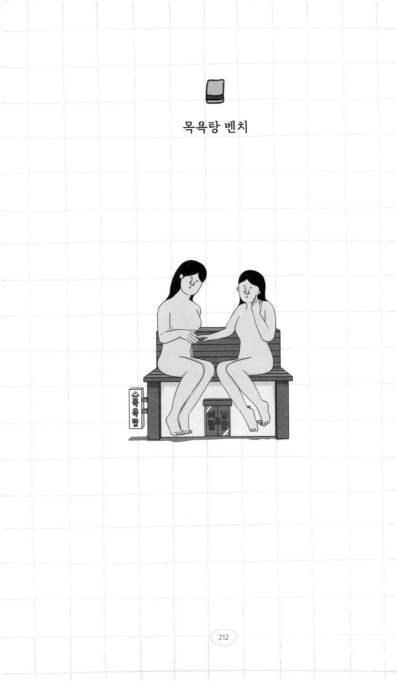

목욕탕 벤치

"아이도, 어른도, 할아버지도, 할머니도
언제든 쉬어갈 수 있기를.
지금 당신도, 그 누군가도
언제든 쉬어갈 수 있는 편안한 곳이길.
목욕탕이 누구에게나
편한 벤치 같은 곳이면 좋겠다."

목욕탕은 탕에서 나오는 수증기로 인해 따뜻해지기
도 하지만, 목욕탕 안을 정말로 따듯하게 하는 건 바
로 목욕탕을 가득 메운 사람들이 아닐까?

　엄마와 함께, 아빠와 함께, 언니와 함께, 형과 함께,
동생과 함께, 친구와 함께, 심지어 모르는 사람들과
함께, 우리는 누군가와 '함께' 목욕탕 안의 온기를 데
운다. 사람과 사람이 만든 온기 때문에 목욕탕의 온
기는 더 훈훈하다.

　어쩌면 목욕탕 표시 또한 그저 뜨거운 열을 표시하

는 것이 아니라, 목욕탕 안의 우리 모두가 서로가 서로에게 따뜻한 온기를 건넨다는 의미가 아닐까?

코로나로 모두가 힘든 시대, 언택트 시대를 살아가는 우리에게 더 절실한 온기일지도 모르겠다. 목욕탕을 그리고 생각하며, 다시 한 번 북적북적한 콘택트 목욕탕을 상상해본다.

♨ 서코, 찜질방에 가다

우리 모두는 각자의 공간이 필요할지도 모르겠다.

그곳은 아마도 찜질방?

어른 서코, 이제는 찜질방으로 출근해봅니다.

서코의 찜질방 이야기도 기대해주세요. ♥

찜방벅스

〈귀여운, 서코네 목욕탕〉 컬러링

: 각자의 컬러로 목욕탕을 좋아하는 시간

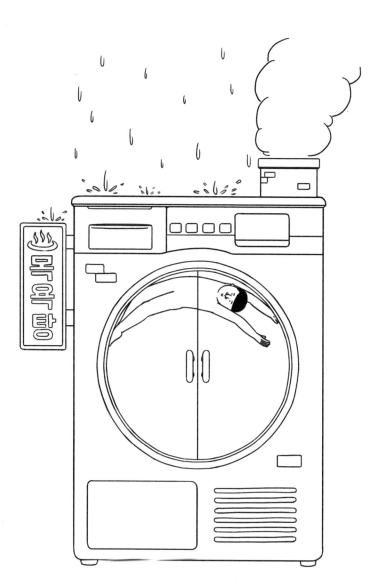

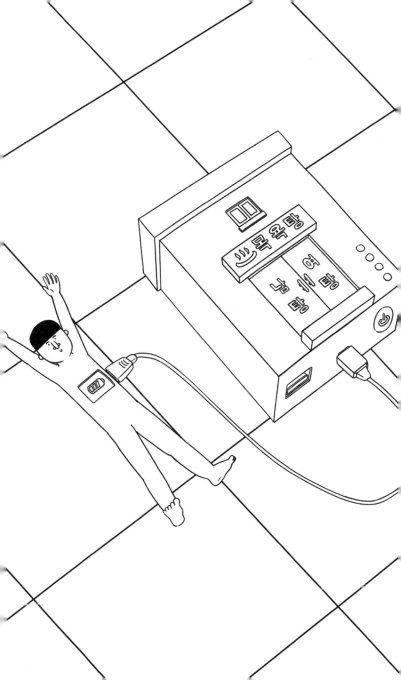

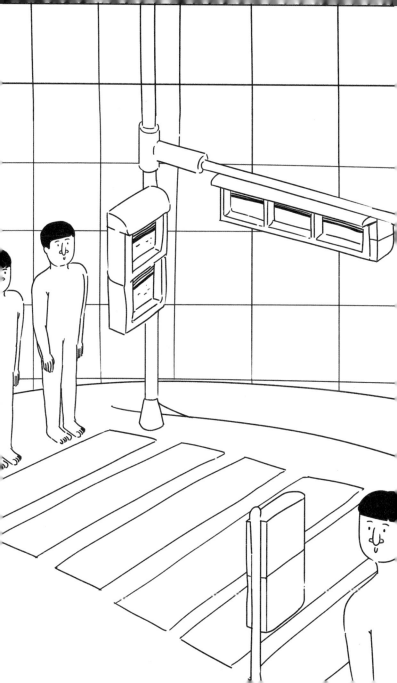

귀여운, 서코네 목욕탕

초판 1쇄 인쇄 2020년 12월 4일
초판 1쇄 발행 2020년 12월 11일

지은이 서코때

펴낸이 박세현
펴낸곳 서랍의 날씨

기획 편집 윤수진 정예은
디자인 이새봄
마케팅 전창열

주소 (우)14557 경기도 부천시 부천로 198번길 18, 202동 1104호
전화 070-8821-4312 | **팩스** 02-6008-4318
이메일 fandombooks@naver.com
블로그 http://blog.naver.com/fandombooks

출판등록 2009년 7월 9일(제2018-000046호)

ISBN 979-11-6169-139-8 (03810)

서랍의날씨는 팬덤북스의 가정/육아, 에세이 브랜드입니다.